師父寫給所有做女兒的
暖心信箋

願來世
當你的媽媽

다음 생엔 엄마의 엄마로
태어날게

袁育媗 譯

禪明法師 著 KIM SORA 繪

有天地幫你

一切都不要緊

前言

我心裡最常有的感受，就是愧歉。

寫這本書的時候也一樣，

總擔心自己寫的內容不夠成熟，

或是對讀者沒有幫助，

擔心會不會愧對曾經幫過我的人？

或是丟了其他師父的臉？

我是比丘尼。

既然決定入佛門成為一個出家人，

就應該要留一個空間給眾生，

讓俗世人們受了傷、遇了苦的時候，

可以回到宗教的懷抱，暫時放下煩惱，

獲得喘息和安慰。

這就是為什麼出家人要少談出家前的過往，

過著不同於一般人的日常生活了。

當人們想要放下苦厄時，

必須有留白的空間，才能不再受苦所困。

我認為出家人不談往事，

可能就是為了打造出那樣的留白空間吧？

而我既為出家人，

卻在書裡寫了日常生活、親子之情、我的缺點，

實在愧對其他努力為自己留白的師父。

但我還是把一切的不足寫成了書，

是因為我認為每個人的生活說到底，

其實都是一樣的。

你吃的苦和我受的傷，表面上看似不同，

但它們想傳達的人生意義卻是相似的。

失敗、挫折、痛苦、孤獨，

它們難道不都是人生的過程嗎？
雖然我遁入叢林寺院，你身於俗世凡間，
但我們都在做人生的修行。

藉由修行，我相信總有一天能修正自己的缺點和不成熟。
雖然現在的我還很青澀、不夠自信、常心生愧歉，
但只要接受它們，並且持續修行，
未來我一定會看見還不錯的自己。

我想讓你們看看我成長的樣子。
我很想告訴各位，
其實身為出家人一樣會遇到這些過程，
各位比我更優秀，
我們都會跨過去的，別害怕，很多事情沒什麼大不了的。

書是很珍貴的，
書對我而言，是安慰，是勇氣。
紙是我最珍惜的朋友，
筆是我唯一割捨不了的欲望，

因為書寫就得靠它們。

將想法寫成文字，除了能時時檢視自己，

還會開始探索別人的看法，

因為我寫的東西除了自己看之外，還有讀者要看。

為了準備這本書，

我有幸和許多貴人分享彼此對某個主題的見解，

也從中學習到許多，由衷感恩！

我不該說「抱歉」，而應該改口說「謝謝」。

說抱歉會讓對方不自覺也感到抱歉，

說謝謝則可以把歡喜傳出去。

致本書的所有讀者，

謝謝！

2019 年 1 月

大澤光寺

禪明 筆

目錄

第一部

某天，母親成了比丘尼

山

小時候，我常常跟著母親去寺裡拜佛。

寺院位於深山之中，必須走過一段約兩、三個小時的陡峭山路。

母親的行囊裡，總會準備供奉給佛祖的白米和香燭，

每當她走累了、喘了，

我就會在後頭推著她的背前行，

就這樣爬過無數次山頭。

還記得那是二十年前的事了，

當時對我和母親來說，每一天都是無止盡的痛苦折磨，

唯一的依靠和寄託就是佛祖。

人家說「人急懸樑，狗急跳牆」，

聽到師父一句「出家吧！」，

我們為了活下去，便毫不猶豫剃髮為尼。

出家後過了十幾年，

母親成了住持，

我則是她的弟子，也被人稱為「師父」。

有人說「前世有緣，今生才會成為家人；

「累世有緣，這一世才能成為師徒。」

我們從母女變成了師徒，

看來是累積了好幾世的因緣呢！

我不知道得經過多少的修行，

才能去除掉為人子女的嬌慣、放下對父母的依戀，

如一道不被羅網的風，

成為一個心靜自在的修行者，

但我依舊選擇踏上這條路。

有時覺得母女一起出家、選擇了同一條路，是莫大的福氣，

有時又懷疑是互相牽絆。

究竟要修多少的福，

才能剛好遇到母女倆都願意花一輩子求道頓悟的好事呢？

然而直到現在，在我心裡住持雖然是師父，更是我的母親；

而她在把我當弟子之前，仍把我當成女兒看待，

所以我們倆在一起總是像母女一樣鬥嘴。

為了為對方著想，

有時候相處明明可以放開，卻太過拘謹；

該收斂的時候，又不小心做得太過。

看來在超越親情以達到自在解脫的境界之前，

我們還是放不下彼此。

當初二話不說就出家，但也有好幾度想還俗。

為什麼出家人有這麼多不能犯的戒律、這麼多要守的律儀？

我只不過剃了髮、穿上了僧服，

才剛開始修行和學習佛法，

怎麼人人都要向我求法問佛？

我也還只是個什麼都不懂的眾生呀。

每當心智薄弱想要還俗的時候，

是住持讓我堅持下去。

想到要是我離開了，

這艱苦的路她要怎麼一個人走下去？

她又該如何一個人熬過孤單的日子？

況且住持個性這麼難伺候，

做事最要求光明磊落、正義清白，

因此只要認為不對的事，必暴跳如雷，

有哪個弟子能招架得住呢？

另外，老師父快言快語、一板一眼，

住持一個人怎麼服侍得來呢？

因此我只好一山過一山，努力堅持下去。

偶爾會想起小時候母親抱著我哭的一幕。

母親失婚後又遭詐騙，大小事都要自己一個人背，

那一天大概是她再也忍受不了，痛苦情緒爆炸的時候。

「我不能丟下妳去死，

「都是妳讓我死不了……」

她一邊哭，一邊打著年幼的我。
說是打，其實更像是楊柳輕撫，
打得一點力氣都沒有。
母親看起來是那麼脆弱又渺小……

母親說，她最怕早上睜開眼睛面對第二天。
但是為了年幼的一雙兄妹，
她得咬著牙拚命活下去。
那時候母親大概就是我現在的年紀。

母親選擇活下去，是為了我。
我選擇繼續當個出家人，是為了她。
彼此的牽絆就是活著的理由，
應該說，是能夠繼續活下去的理由。
好在，
要是沒有我，母親一定會放棄與生活對抗，
無數次想要終結自己的生命吧？
要是沒有她，我一定會受不了苦，
無數次燃起還俗的念頭吧？

凡事都要努力去克服，並且堅持到最後，才能看到結果。

母親因為我，不再尋死，

我也因為有她，才有幸踏上滅除愚癡的修行之路。

世上最重要的事，

第一是活著，

第二是活出自己。

為了做到這兩件事，

母親與我互相引領扶持，

如同二十年前上山的那天，

一個在前帶路，一個在後方扶持，兩人一同向前走。

就算身上背負的行囊重得令人喘不過氣，

但最後一定可以撐過去的。

世上最重要的事，
第一是活著，
第二是活出自己。

為了做到這兩件事，
母親與我互相引領扶持，
如同二十年前上山的那天。

做飯的心意

我小時候，外婆經營一座碾米坊，

聽說一大清早，外婆就會敞開大門開始做飯。

村里的乞丐們一聞到香噴噴的味道，紛紛聚集到店門前，

等人都齊了，外婆就端出一桌子的飯菜，跟他們一同用餐。

當時年幼的舅舅阿姨們要是嫌棄乞丐而鬧彆扭，

就是等著被外婆的藤條伺候了。

母親跟外婆很像，

小時候有許多挨家挨戶登門推銷的生意人，

例如賣保養品和化妝品的大嬸、賣魚的奶奶、

賣美國巧克力的大媽。

只要他們來我家推銷，

母親就會招呼他們進來吃飯。

所以家裡隨時都熱熱鬧鬧的，

一整天要上菜好幾回。

母親出家後不改之前一貫的作風，

只要寺院有事請工人師傅來，

住持就會親自準備他們的飯食。

我平常料理其他師父的飯菜，

不管什麼食材，一概淋上麻油下鍋炒，

就算是難吃的大鍋菜，住持也不會吭聲。

但是供養給工人師傅的飯食絕對不能馬虎，

否則就等著被住持斥罵了。

住持會花上好幾個小時在廚房忙著準備飯菜，

並且用上賓專用的成套白色餐具來盛裝。

有一天，我幫忙把碗櫥上層的白色餐具端下來，

突然間恍然大悟，原來住持是為了要慰勞這些工人師傅，
用一頓飯表達感謝之意，
撫慰勞苦工作的他們。

常聽人說
「小時候媽媽常做這道菜給我吃⋯⋯」
「小時候奶奶曾經做這個給我吃⋯⋯」
我們懷念這些食物，不是因為好吃，
而是因為裡頭有媽媽的愛，
因為我們時時想念那份愛，才忘不了食物的滋味。
其實人們渴望再回味的是
用媽媽的愛所煮出的味道。

若以後我收了弟子，
我不要用言語去教導他該怎麼做事，
也不會直接告訴他事情的對錯，
而是為他做飯。
我還要為孤獨、憂傷、痛苦的眾生
煮一道一道的飯菜。

世間存在的原因

耍脾氣或是難過的時候，我總是故意不吃飯，
這時我可以感覺到住持內心焦急如焚。
住持個性很硬，但每次遇到我不吃飯，態度就會立刻變軟，
我就很狡猾，硬是不吃。
這個世界上能讓我如此予取予求的人，也就只有住持了。

這世上除了母親之外，
還會有誰因為你不吃飯，就著急如熱鍋上的螞蟻呢？

我就是知道住持會著急，才會繼續欺負她。
我像一個不給糖就躺在地上大鬧的孩子。

偶爾當我乖乖聽話的時候，

就想著，萬一有一天住持不在的話會怎麼樣？

大概不會有人對我說：

「吃飯了！」、「把衣服穿好！」、

「 一切由我做後盾，妳只管好好念書！」、

「我沒辦法一輩子為妳遮風避雨，妳自己要好好向佛祖祈禱！」

還會有誰這樣對我說呢？

還會有誰這樣在乎我呢？

每個人都有母親，

就連飛禽走獸、螻蟻草芥都有母親。

住持從前也會吃定外婆心軟而故意鬧彆扭嗎？

也會對外婆做出無理幼稚的要求嗎？

古人說，愛只有由上而下，沒有自下而上的，

因為有母親無私的愛，世間才能夠存在，

做女兒的嬌蠻不懂事，也許只是順應自然界的道理吧？

我是出家人，這一生注定無子嗣，

我無法經歷女人懷胎生子、養育子女的偉大歷程，

也就一輩子都不會懂為人母的心情，

永遠只能以子女的心態過日子。

這該如何是好呢？

魚

每逢佳節，寺裡就會收到許多供品，
通常是水果、韓菓子、茶之類的東西。
然而俗家父親每逢佳節就會寄來魚。
一年一年過去，父親寄的東西始終如一，
有一次我打電話給他。
我說：「出家人不能吃魚。」
父親回：「我知道。」語畢隨即掛上電話。

我心想，父親當然知道出家人不能吃魚，
所以他才故意寄魚來。
父親大概還在耿耿於懷，
因為對他來說，我雖然是個出家人，更是他的女兒。

今年的魚也如往年，

一隻隻被串起來，用空洞的眼神盯著我看。

我看著那一串曬乾的魚，忍不住笑了。

父親居然這麼若無其事地送出家人吃魚。

就算身邊有很多人疼我、喜歡我，

但沒有人能取代父母的愛，

也沒有人比父母更了解我。

更沒有人比父母更懂我不為人知的一面。

因為習慣成了自然，

有時候忘了他們有多愛我，

然而當我極度傷心寂寞的時候，

第一個就是找父母哭訴，

因為我知道自己是被深深愛著的。

說壞話

有時候我在住持背後說她壞話。

「你不覺得住持很奇怪嗎？她到底在想什麼？

「看來是老了，老太婆、老糊塗了⋯⋯」

每次說住持壞話，一方面覺得出了一口氣，
一方面又感到慚愧懊悔。

雖然有時候被住持氣得火冒三丈，
但看她成天忙進忙出，累到倒頭就睡，
我的心裡就很難受，心想住持真的老了。

住持做事勤快，每次看她動不動就給自己找事做，

就讓我好擔心她身子累壞。

能不心軟，才能不痛不癢說人壞話，

偏偏我就是放不下心，停不住對住持的牽掛。

因為愛住持，

所以這一世大概不能說她的壞話了。

腦與心的距離

和住持生活在同一個空間，

難免會有意見不合起爭執的時候。

吵架時腦袋轉得特別快，

盤算著要怎麼說才能讓住持更難堪？

要怎麼說才能傷她的心？

要怎麼說才能證明我是對的？

然而，還有個東西動得比腦袋恰恰快了零點一秒，

那就是我的心。

我的心迅速攔住了失去理智的腦，

對我說：「別忘了妳有多愛住持，

「而住持又有多疼惜妳。」

心把我定住後，所有事情就解決了，
誰對誰錯都不重要了。
「對不起，我錯了。」
說出這句話，爭執就停止了。

♪♪♪

日後才發現，原來住持說的才是對的。
我說話輕聲細語、有條不紊，
乍聽下來好像是對的；
住持性子急，一開口就拉高嗓門，
才聽起來像是強詞奪理。
要是心沒有及時制止腦袋，
我就會繼續爭辯下去，
為了說贏住持而造更多口業來證明我是對的。

面對所愛的人，對錯不重要。
重要的是，生氣時記不記得他是你愛的人。

責備

前陣子我看見一個九旬老先生
狠狠痛罵他年過花甲的兒子。
老先生罵得口沫橫飛，言詞不堪入耳，
他兒子都年紀一大把了，
旁人實在不忍心看下去。

罵完，老先生說：
「該罵！欠罵！
「誰叫我是他爹呢！」
真是一位有智慧的老先生啊。

世界上最疼愛我們的人就是父母了。

父母生下我們，

就已經做好準備要一輩子陪伴孩子，

背負照顧者的責任，

所以那位老先生才會如此痛罵兒子。

我是個出家人，也年過三十五了，

不知從何時開始，就不再有人教訓我了。

明明做錯了事，怎麼沒有人來責備我呢？

人們大概看我是出家人、成年人，

所以也不好對我說難聽的話吧。

但沒人罵其實很寂寞。

因為會願意罵我、念我、向我嘮叨說教，

表示他深愛著我，

真心關心著我的人生。

僧服

住持經常管我的服裝儀容，
一下要我好好燙僧服，一下又管我上衣跟褲子顏色不一樣。
要我穿長褂、要我圍圍巾，
今天要我穿白的，明天要我穿灰的。

寺院的生活看似幽靜，
但事實上有許多令人想不到的苦力活。
除此之外，寺院畢竟是團體共同生活的地方，
也常常有訪客前來，自然有許多寺務要處理。
每天忙進忙出，還要提重物東奔西跑，
但住持不喜歡看到出家人僧服起皺，
所以連夏天的短褂都要求上漿燙平。

上過漿的衣領非常硬，簡直像是脖子被打上了石膏。

幹活本身不累，

是那硬邦邦的僧服令人身心俱疲。

即便如此，住持始終堅持僧人穿衣要乾淨整齊。

有一天，某個朋友聽見住持糾正我穿衣，

他悄悄在我耳邊問道：

「師父，住持穿的跟妳有什麼不同呢？在我看來都一樣啊。」

以外面的說法打比方，住持穿的像套裝，我穿的像休閒服。

但這就像西方人分辨不出中國人、韓國人、日本人，

在俗世人眼中也看不出僧人穿的是深是淺、

上下半身搭不搭、穿得對不對。

看來住持得明白

在俗世眼中，人們根本分不出來

她穿的跟我穿的有什麼不一樣。

先吃飯吧

難得我跟住持兩個人單獨相處時，

我倆就和一般的母女沒兩樣，鬥嘴鬥個沒完。

尤其是開車出遠門，我們常在車裡聊天，

但對話內容不盡然美好。

你一句、我一句，互不相讓，

常常鬧哄哄吵了兩、三個鐘頭。

我心裡不斷盤算著，

等一下到達目的地，我一句話都不吭！

我要跟妳冷戰，看妳受不受得了！

但真的到了目的地，

車上激烈的爭執似乎立刻煙消雲散……

「我餓了。」我說。

「餓了吧？我們先吃飯吧！」

於是我們面對面在餐廳坐下來，

肚子被填飽之後，心也被填滿了，

我們又開始了日常的對話，

好像從未發生過爭執似的。

其他師徒也像我們這樣嗎？

還是因為我跟住持是母女的關係呢？

不必強顏歡笑

回想起來，小時候充滿了哭聲，
且都是獨自一個人哭。
母親自己偷哭，
我也獨自偷哭。

我們倆在一起的時候充滿了笑聲，
母親笑，是因為她不希望自己的脆弱被幼小的孩子看到；
我笑，是為了笑給她看，以免她一不小心想不開。

要是兩人能一起抱頭痛哭就好了，
當時也就不會那麼寂寞了。

然而，過去的習慣帶到現在，

所以心情不好的時候，

住持就跑到金泉的寺院，我就待在鬱山的佈教院，

不讓對方看到自己難受的樣子。

要說長大後、出家後有什麼改變，

就是我不會再勉強自己強顏歡笑，而是選擇沉默。

因為我知道，要擠出那一點點的笑容，也必須用上全身的力氣，

而現在我擁有力量去面對痛苦，

所以不需要再那麼辛苦假笑了。

再說，痛苦會過去，就沉默以待吧。

難過時就用力難過吧，

只要好好活著，

痛苦的日子會過去的。

對孩子的期許

父母最大的願望就是孩子過得好。

願孩子在面對當下、過去、痛苦時，

能用智慧去理解，不要傷心流淚，要過得幸福美滿。

父母要孩子「好好讀書」，

其實不是要他考上好學校、進入好公司、賺大錢過上好日子；

而是希望他博學多聞，擁有智慧去理解人生的遭遇。

因此，父母真正的願望是孩子一路走得穩穩的，不要受傷。

雖然父母有時候

也會不小心搞混了「好好讀書」想表達的意思，

但追根究柢這句話其實是希望「孩子你別受傷」。

一口氣

我曾經想過自殺，

但後來我還是選擇活下去。

畢竟人到頭來終究會死，不如為了一個在乎我的人留一口氣，

繼續活著。

這個人，就是我的母親。

我曾經下定決心，

活著只是為了讓母親能見著我，

就當作身體已經死了，

不再有任何悲歡、情緒、想法，

所以別奢望什麼幸不幸福，能呼吸就好。

或許母親只是一個

讓我想要活下去的理由。

然而，靠著這個理由，我漸漸度過了那段煎熬的日子，

一天一天地過，也沒有特別奮力，

但好日子又悄悄地來了，開心的事也找上門了，

甚至出現了要努力過活的念頭。

不要放棄自己。

想死的時候就當作這條命早就沒了，

為了你所愛的人，為了讓他還能見著你，

找一個理由活下去，撐著。

當你撐過去，就會有想繼續活下去的念頭。

在那念頭出現之前，撐著。

嶄新的人生

法國科學家拉瓦節曾說過：

「所有的物質不能無中生有或消失毀滅，它只是改變了狀態。」

所以世間有輪迴，

前世的我和今生的我能量都是一樣的，

只不過狀態不同。

然而因為前世遇到太多因緣，

說了太多話，付出了太多的感情，懷了太多的恨，

下輩子要是忘不了這些記憶，恐怕活不下去，

所以我們把前世忘得一乾二淨，

像是重新活過一般，開啟了嶄新的人生。

第二部

一粒土的慰藉

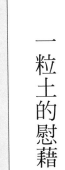

貓咪家族

寺院裡有許多貓，

貓爸爸、貓媽媽生了小貓，

小貓長大後又生了小小貓。

早在我們搬來之前，

貓咪一家就住在這了，

所以搞不好寺院真正的主人其實是這群貓咪。

寺院裡的人和貓

平時不經意地觀察對方的一舉一動，

彼此相安無事，過著各自的生活。

今天早上我在院子拔草，

發現貓咪平時嗯嗯的地方開了許多野花，

有黃的、紫的⋯⋯樣子繽紛可愛。

這群貓到底是吃了什麼呢？

我們能從大自然中得到慰藉，
是因為她的寧靜、浩瀚、寬廣，
這些是從人類身上感受不到的氣息。

看書學韓文的渾悟師父

渾悟師父是匈牙利人，

他來韓國十年了，說著一口流利的韓文，

當然，這是他努力學習的成果。

渾悟師父總是書不離手，

一遇到問題就馬上發問，

做事的時候也在背單字，

零碎的時間都拿來學韓文，

一刻都不浪費。

他什麼都學，所以俗諺、成語、方言都難不倒他。

不過有些話在書裡學不到，

例如大人叫小孩「我的小狗仔、我的小雞仔*」

這些話就不會出現在書中，而是韓國的風情民俗。

但是，渾悟師父似乎以為只要是動物都能拿來呼喚小孩。

他跟來寺院的孩子打招呼時，

說：「蚱蜢、壁虎、毛茸茸的狸貓、可愛的青蛙、蚯蚓，
你們好！」

神奇的是，孩子們非常喜愛渾悟師父用動物名稱打招呼。

這群身高還不到他腰間的小孩子

成天笑嘻嘻地纏在他身邊，吵著要他背。

---

*譯註：剛出生的小狗或小雞毛茸茸的，相當稚氣可愛，所以韓國人會
暱稱小孩為小狗或小雞。

蚱蜢、蟾蜍、壁虎……
其實被叫成什麼並不重要，
重要的是孩子感受到渾悟師父真心疼愛他們。

要是世界上只有小孩，
渾悟師父大概就不必那麼認真學韓文了，
因為比起語言，更重要的是心意。

犯忌

從前有「觸犯地神」之說，
要是隨便動土而觸怒了地神，
地神就會降下災難。

之前寺院就犯了忌，
因為要興建寮舍，
連續七個月施工挖地、灌水泥、打鋼筋，
似乎觸怒了神靈。

發現這個跡象的人是我，
只有我一個人覺得心神不寧。
我沒來由地憂鬱難過，胸口發悶，

恨不得把手邊的事都拋下，頭也不回離開寺院。

我忍了好幾個月，最後終於受不了跟大師父說。

「是犯了忌！」大師父說地神生氣了，並為我消災祈福。

我這下終於恢復了平靜，

才注意眼前那座美麗的新寮舍。

然而，為什麼其他人都好端端的，

只有我出現症狀呢？

我花了好幾天探究其原因，

才知道是因為只有我一個人成天無所事事。

住持為人剛正不阿，令人不禁懷疑她前世是將軍出身。

她路見不平必挺身而出，渾身是膽，

又被稱作「大丈夫師父」。

住持虔心供佛、尊敬師長，

只要下定決心做的事，不論發生任何困難都會把它完成。

所以厄運進不了她身上。

渾悟師父以前病痛纏身，

在他還沒染病之前，曾是匈牙利的輕艇代表隊選手，

也是自由搏擊選手，

然而二十幾歲卻得了僵直性脊椎炎，

身子越來越僵硬，天天忍受劇痛之苦。

他四處求醫問診，

十餘年來踏遍德國、俄羅斯、美國、中國、西藏。

我跟他的緣分也是因為這個病而起的。

當時我在中國的中醫藥大學針灸學院讀書，

剛好渾悟師父的姊姊跟我是同班同學。

他姊姊遠從匈牙利來到中國學針灸，

就是為了幫弟弟治病。

我心想讓他與大師父結緣可能有幫助，

便抱著一線希望，邀請姐弟倆來韓國。

或許是因緣注定，自從渾悟師父和大師父結緣後，

健康真的有所起色。

渾悟師父認為韓國是他的救命之國，

大師父是他的再生父母，

便決定剃度出家。

渾悟師父從小接受嚴苛的體能訓練，

一次又一次挑戰自我極限，

而後又遭遇病痛之苦，歷經巨大的挫折。

好不容易病治好了，他更懂得感恩健康的生活，

這一路走來讓渾悟師父有著不同於一般人的人生態度。

渾悟師父的心穩得就像一座山，

過去十年來我從未見過他生氣，

也從來沒看過他情緒失控、意志消沉、傷心難過的樣子。

他在我們面前永遠保持一樣的速度、相同的樣貌。

他的認真不是為了求表現，

純粹是因為心懷感恩，感謝活著的每一天，

所以在寮舍工程期間，即使已經請了施工師傅，

他一樣天天下去幫忙搬運沉重的建材，

成天跟著師傅問問題、學東西，

看來厄運也進不了他身上。

義工媽媽智妍二十三歲就從越南嫁來韓國，

她的丈夫是我們寺院的信徒，

因此她剛嫁過來就常常來幫忙，

轉眼間我們的因緣也超過十年了。

她做事勤奮、心地善良，什麼都好，

手腳俐落的她一個人可以做兩、三個人的事。

她從來不道人長短、說人是非，

常常露出燦爛的笑容，總是熱情地跟人打招呼，

因此訪客也跟著她高興起來。

她唯一的弱點就是膽子小，

常常被住持的大嗓門嚇到。

住持只要一瞪大眼睛她就害怕得不得了，

無論我們怎麼安撫她，她還是很容易受驚嚇。

萬一住持哪天像罵我一樣罵她，

她說不定會嚇到昏倒呢。

為什麼智妍也沒有受到地神之怒的波及呢？

我認為是因為她為人謙虛、常懷感恩之心。

她最常把「謝謝」、「對不起」掛在嘴邊，

每次聽她說「謝謝」、「對不起」就覺得她太客氣，

要她不用客氣，她還是繼續說。

這大概就是她的本性吧。

為人體貼的她總是忙著照顧別人，

自己常常最後一個吃飯，

要她回家休息，還依依不捨想再多做幾件事。

住持的剛正不阿、禪悟師父的定性、義工智妍的謙虛，

這些我一個都沒有。

無所事事的我有太多厄運可乘之隙了。

世界上最大的敵人就是自己。

不過，有個方法能打敗這個敵人，

那就是有一顆正直、堅定、感恩、謙虛、勤奮的心。

這份心是假裝不來的，
要把它真正內化成自己的東西。
我們要活得正直、堅定，
要發自內心感恩、謙虛，
不是勉強而來的勤奮，
而是自動自發地做事。
如此一來，天、地、人都會幫助你，
回過頭來，還是自己救了自己。

農耕

大澤光寺以前位於市區，

後來才搬到慶尚北道金泉市的田園郊區，

因此我們一直以來只過過都市生活，從來沒務農過。

寺院附近都是葡萄園，村民皆以務農維生，

每到清晨四點就出發去田裡工作，

下午太陽太曬了，他們就進屋裡午睡，

到了黃昏之際再繼續耕種。

對他們來說，就算一小塊地也不能讓它空著，

能種多少就盡量種，

例如生菜、蔥、辣椒、紅蘿蔔、洋蔥、南瓜、茄子……等。

村民們三餐除了魚跟肉是在超市買的，

其餘都是吃自己種的。

他們看我們這些從都市來的出家人
居然把寺院的空地閒置著不耕種，覺得很納悶。
於是清晨去田裡工作而經過寺院時，就囑咐一句，
傍晚回家休息又叮嚀一句，
還送了種子和幼苗，
並教我們如何栽種。
後來，村民看我們無動於衷，
乾脆偷偷在寺院四處播下各式各樣的種子。
有一天在院子一隅突然長出了西瓜，
大家又驚又喜，
以為西瓜是自己冒出來的。

「不能再這樣下去了！既然要在這生活，我們也必須種田！」
住持這般宣言彷彿晴天霹靂，但我們也只好遵命。
沒人知道什麼作物適合什麼時間播種、採收，
全是看村民怎麼種，我們就那麼栽。

我們第一次種的是蓖麻，

選它是因為聽說木造房子塗上蓖麻油可以讓木材更耐久。

住持負責率領大家，

她一聲令下：「沿著線筆直地種下去！」

我們滿頭大汗好不容易播完種，隔壁的老先生說話了。

「哎呀，師父，蓖麻葉子長很大，

「你們種得這麼密，以後擠在一起，作物長不大。」

老先生您也早點告訴我們嘛……

最後我們只好把剛種下的種子再挖出來，

抓好間隔重新再種一遍。

後來收成時，蓖麻果真如老先生所說，長得相當高大，

還好有村民熱心幫忙，我們才能順利採收完。

第二次種的是地瓜。

我們直接買地瓜苗來種，

一樣由住持負責統帥。

「沿著線筆直地把幼苗埋下去！」

住持不論做什麼，都講究整整齊齊。

我、渾悟師父、義工菩薩、

從市區來的幾位信徒對種田一竅不通，

只能乖乖按照住持的吩咐插苗。

就在我們快要完成的時候，老先生經過一看，

說：「師父，地瓜苗垂直插在土裡不好長根，

「必須斜躺埋在地裡才行。」

我們只好把苗都挖出來，重新斜插在土裡。

在收成之前，

我們以為施肥越多越好，就拚命施肥。

等到收成當天挖出來一看，

還以為地裡蹦出了一個巨嬰，

我一輩子從沒看過這麼大一條地瓜呢！

第三次種的是荏胡麻。

雖然大家都不太放心，但依然是由住持主導。

這次果不其然，住持又要我們沿著線種，

第二天大師父一看便說：

「這樣種植物長不大，

「間隔要夠寬、交叉播種，每一株才能照到陽光。」

我們這下才終於發現，原來也有住持不擅長的事。

經過幾番波折，好不容易到了收成時刻。

我們想等茌胡麻更飽滿一點再採收，

但老先生跑來，說：「師父，就要下大雨了，

「趁茌胡麻還沒被雨打落之前，趕快收割起來，用套袋包好。」

我們趕緊衝到田裡，

在那一大片茌胡麻園下東奔西跑，忙著收割。

接著小心翼翼地把茌胡麻堆成一大落，堆得比我還高。

這時候老先生又來了，

他說：「堆這麼高，一放晴裡頭就熟透爛光光，

「應該要鋪得開一點。」

這位老先生怎麼老是晚一步才說呢？

沒辦法，我們只好把堆高高的茌胡麻又搬下來重鋪。

最後是敲打茌胡麻了。

住持站在茌胡麻堆裡敲打了幾個小時，

就累得唉唉叫；

住持下台後再換渾悟師父接力，幾個小時後，

也喊著唉唷喂呀退場了；

接下來是義工菩薩輪番上陣……

就在我們好幾天忙著跟荏胡麻搏鬥的時候，

住持的堂哥阿忠舅舅剛好來寺院。

阿忠舅舅看我們在打荏胡麻，就帶了一把大掃把來，

輕輕鬆鬆揮一揮、抖一抖，

就把我們辛辛苦苦做了一個禮拜的工作給解決了。

阿忠舅舅果然了不起，真令人敬佩。

經過三次經驗，知道種田的辛勞之後，

我們就把一半的地鋪成停車場，

另一半種滿了花草樹木，

僅留下一小塊空地。

到了播種時節，住持又說：「咱們來種荏胡麻吧！」

我趕緊阻止她說：「師父，我直接買荏胡麻油給您，

「我們就別種了。」

住持老神在在地說：「沒關係，我們有阿忠舅舅在啊！」

「一滴水蘊含著天地的恩賜，

「一粒穀也乘載著眾人的汗水、用心，

「以及勞作的功德。

「寶貴的食物供養我，

「當以正心修身報答。

「感謝施主，

「祈求施主獲得布施的歡喜，

「在此以感恩之心接收供養。」

這是在上供供品之前的祈禱。

親自下田耕種後才知，

一粒作物背後有眾人的汗水、辛勞和功德，

而像我們出家人雖然也付出了汗水、辛勞和功德，

卻不見得能有所收成。

每個人各司其職，做好自己擅長的事，才最能發光發熱。

感謝每一粒珍貴的穀子。

嘮叨

寺院生活最辛苦的事情，

不是修行，也不是祈禱、法會、接待信眾，

而是聽住持的嘮叨。

住持一開口就像連珠炮，沒有任何人插嘴的餘地。

要是我逮到機會回嘴，只會讓她罵得更大聲。

「教妳就好好學！長這麼大了，還不懂這個道理嗎？」

我大概能預料到繼續回嘴會有什麼下場，

只好忍著什麼都不說。

住持會讀心術，能讀透我在想什麼。

就算我努力掩飾心中的不滿，笑著說：「知道了」，

她也能戳破我說：「妳其實不是這麼想。」

住持還有千里眼，什麼事都逃不過她的眼皮底下。

就算我躲在她背後念念有詞，也能被她發現，

說：「禪明！我都聽到了！」

看來我是永遠都得被住持牽制了。

住持做什麼都講究整齊劃一，

上衣跟下衣顏色一致是最基本的要求，

餐桌上的餐具也要擺放整齊，

小菜的位置必須考慮食材顏色，左右對稱。

此外，她看不慣寺院的小石頭堆得亂七八糟，

就辛辛苦苦去搬石頭，把它們排一排。

春天種菜的時候，只要被她發現幼苗沒有種在一條直線上，

她就會把幼苗挖出來，重新排列整齊。

某一天我看見她在田裡拿著一把掃帚，

像在清掃客廳一樣悠然地掃著壟溝，

頓時都不知道該說些什麼才好。

事實上我也很叛逆，

常常跟住持發牢騷或耍小聰明，

但是住持本來道行就比我深，無論我怎麼跟她爭，

到頭來都落得賠了夫人又折兵的下場，

不下一天就舉雙手投降，

向住持懺悔：「對不起，是我錯了，以後不敢了。」

我知道連珠炮攻勢有多可怕，

所以我下定決心絕對不對人嘮叨。

但是，我最終還是做了我最看不慣的行為，

我居然也開始碎碎念了。

是這樣的，那陣子佛堂在做丹青彩繪工程，

所謂的丹青，就是為建築畫上各種顏色的花紋或圖案，

並且上漆以使木材耐久的一種工藝藝術。

寺廟丹青對出家人而言意義非凡，一生大概遇不到一、兩次。

丹青師傅來為我們做大事，當然要敬謹待之，

要熱心招待他們吃飯、準備茶點、打掃、洗衣。

工程的兩個月以來，我忙得不可開交，

一天要準備十人份的三餐、兩次茶點，

還要忙著清洗源源不絕的換洗衣物、打掃衛生。

剛做完一件事又得煮飯，煮完飯又得準備點心，

準備完又開始煮下一餐，如此周而復始。

漸漸地我也累了，不知不覺變得情緒化。

我開始對比我年紀小的義工嘮叨了起來，

要他們餐具擺放整齊、小菜按配色羅列，

潛移默化學起了住持的樣子。

每當住持碎念他人時，

我就扮演安撫的角色，

自然而然住持在大家眼中成了惡婆婆，

我則是體貼又善良的好心人。

大家因此認為我比較好相處，

我以為善解人意就是我的本性。

後來我才知道在不同的情況下，人會有著不同的樣子。

我體貼的那一面，

只有在能扮演好人的狀況下才存在。

住持愛嘮叨

是因為她必須扛起維持寺院運作的責任，

要負起管理大小事務的辛勞，

還要心心念念教導弟子學習佛法。

根據不同的位子、不同的角色，

好人的界定標準也不一樣。

我們應該用相對值，而不是用絕對值來評斷一個人。

適性而為

安義工菩薩很會做菜，

他每次來寺裡，就直接跑進廚房準備食材，

不論幾人份、什麼菜色都難不倒他。

金義工菩薩擅長農耕，

看他蹲在地上不一會的工夫，

就種好了生菜、冬葵、菠菜，

就在籃子裡裝滿了茄子、紅蘿蔔、南瓜。

他是農耕萬事通，

什麼時候該播種、要施多少肥、怎麼採收，問他就對了。

每次來寺院就只露個臉打聲招呼，

一溜煙就跑到田裡去了。

李義工菩薩每次來就第一個跑去打掃廁所，

清理得亮晶晶之後，

還把各個地方的垃圾桶倒一倒，做好回收分類，

再把垃圾桶每個角落沖洗乾淨，放在太陽底下曬乾。

有趣的是，

安義工菩薩只去廚房，

金義工菩薩只下田，

李義工菩薩專門清廁所。

安義工菩薩不會去打掃廁所，

李義工菩薩也從來沒進廚房做過飯。

每個人會注意的東西似乎都不一樣。

對我而言，菜園就只是一片風景，

從未想過要親自下田耕種。

同樣地，別人不像我會去注意舊書要掉不掉的封面，

所以幾年下來都是我負責把封面黏起來。

可見每個人眼裡所看到的空間、事物、事件都不盡相同。

每個人眼中注意的東西都不一樣，

所以好好把自己在意的事情做好就對了，

光是這樣，就能避免許多日常生活中的小摩擦，

減少許多對彼此的埋怨了。

存在的意義

還記得發布高溫警報的某個夏日午後兩點，
靜不下來的住持要大家一起去種荏胡麻。
她不顧眾人堅決反對，以隊長之姿打頭陣，
弟子們也只好乖乖一個個跟上。

我問：「我們就不能什麼都不種嗎？」
住持回：「那妳來到這世上有什麼意義？」

殺蟲劑

看住持總愛站在豔陽下陪渾悟師父工作，就覺得於心不忍。

不管怎麼請她進屋裡，她就是不聽勸。

「妳又不做事，何必老是出來？

「這樣會妨礙到大家幹活。」我話才剛說完，

住持就順手用手中的殺蟲劑噴我，

而且還笑得好開懷。

好久沒看她這般大笑了，可見有多開心。

現在我終於明白

住持把我當成什麼了。

除草

我有一項任務，從春天一直要做到入秋，

那就是除草。

住持年紀大了，

身為外國人的渾悟師父平常不習慣韓國的坐式生活，

耐不住久蹲，

而義工菩薩平時還有很多事要忙，

所以除草的工作總是交給我。

辛苦拔完了草，一回頭又冒出來，

早晨明明光禿禿的一片，晚上一看又開始滋生，

拔不到三天，翠綠的野草又探出頭來。

我實在受不了了，便向渾悟師父提議：

「你幫我噴除草劑，我就幫你做功課，怎麼樣？」

他剛好在為難解的功課發愁，

噴灑除草劑相對輕鬆多了，

但他還是猶豫了一會，沒有馬上答應我，

因為他不想讓除草劑傷害土壤。

不過，不用做功課的提議實在太誘人了，

足以動搖他的信念。

最後，他還是幫我噴了除草劑。

現在只要耐心等待野草枯死就好了……

但奇怪的是，兩天過去，野草依舊欣欣向榮，

只有葉緣稍微乾枯，其他地方還是生意盎然。

什麼！我又被渾悟師父擺了一道！

原來，他怕傷害土壤，就用大量的水來稀釋除草劑。

他還洋洋得意地對我說：「我噴的是一週後才見效的除草劑。」

草除不了，他卻已經拿到了作業。

最後，我只好自己捋起袖子，

一邊拔草，一邊念念有詞。

拔草最難熬的就是前半個小時，

撐過之後，就會進入三昧*的境界。

這就像祈禱一樣，一段時間後則會進入心定平靜的狀態，

除草也是，一段時間後內心就會平靜下來，

這個過程大概需要半個小時。

起初我對除草滿是抱怨，

但到後來我每次去都帶著歡喜心。

接近土地不但能消除雜念，還能獲得莫名的慰藉。

我想，大概是因為土地比我更大、更寬闊，

性情比我更和善，

並且擁有比我更強大的孕育生命的力量，

我自然能從土地得到慰藉了。

大自然能撫慰人們的心靈，

是因為她有著人類身上難以感受到的

寧靜、寬廣、強大的氣息。

---

*譯註：將心定於一處的安定狀態。

連續兩個鐘頭在院子裡忙東忙西，

野草總算被拔乾淨了。

看見光禿禿的院子，

我彷彿也看見一直不想去面對的自我。

我耍小聰明、滿口抱怨而不願去做的事，

其實只需要花兩個鐘頭。

要是我一開始就去做，其實一下就解決了。

好大的松鼠

寺院常有小朋友來訪，

因此寺裡常備有他們喜歡吃的餅乾。

只不過，每次準備好的餅乾，總是不到一天就消失。

不論放在餐桌、書桌、小茶几、抽屜，

不到幾個小時就會消失得無影無蹤。

原來犯人就是渾悟師父。

每次我問：「原本放在這裡的餅乾呢？」

嘴角還黏著餅乾屑的渾悟師父就會說：

「剛剛看到一隻好大的松鼠跑過去。」

的確是隻大松鼠……渾悟師父身高有一百八十八公分呢！

洗碗

寺裡人員眾多，要洗的碗盤也多得不得了。

我是數十年的洗碗工，

因為我動作最快，洗碗自然就變成了我的工作。

每次洗著堆積如山的碗盤，腰痛得快斷掉的時候，

我就會對自己念一段咒語。

「我正在做一項世界上最重要的工作。

「沒有比它更重要的事了。

「要是做不完，世界就會毀滅。」

每當念完這段咒語，

不知從哪竄出一股力量，腰也不痛了，

碗也順利洗完了。

腰沒有斷掉的一天，

只是不想做而已。

因為覺得事情不重要，腰才會發疼。

根基

有一個提升根基的好方法，

它比幾個小時坐禪或念佛效果更快，

那就是重複去做自己最不擅長的事。

最不擅長的事，也是最不想面對的事。

它們通常困難重重、

一點都不吸引人，

遇到就想放棄。

當你苦口婆心勸自己，

費盡力氣逼迫自己，

拚命忍受煩躁的情緒之後，

你的根基和意志力就變得更強大。

飲食與運動能鍛鍊身體，
奮力投入則能鍛鍊意志力。
為最不擅長的事投入多少心力，
就會有多少成長。

越是常跟自己妥協、挑輕鬆的事來做的人，
根基和意志力越差。
因為他們從來沒有戰勝過自己，
也不曾駕馭過自己。
照鏡子看看自己的雙眸是炯炯有神，還是渙散無神？
姿勢是不是抬頭挺胸、得體自然？
比較常把「不對」、「不要」、「做不到」掛在嘴邊，
還是常說「好」、「我辦得到」？
仔細觀察說話時是發自丹田的力量，充滿自信？

還是聲若蚊蠅，越講越小聲？

每天觀察自己的樣子，
從正確的儀態開始，
慢慢自我啟發。

一項專長，一個罩門

渾悟師父是寺裡最勤勞、最努力，

也最是嚴持律儀的修行者。

他持之以恆地學習，從不偷懶，

寺裡的大小事皆熱心參與。

從清晨四點到晚上十點，

他不是在學習、念佛，就是在幫大家做事。

我們怕他累壞，要他稍微休息一下，

他卻說：「我這是在玩，不是在做事。」

他學東西很快，只要看過別人種田，

第二年他就能自己下田。

他還會自己做桌子、椅子、畫畫、修車，

幾乎沒有他做不來的事。

而這些，都是他從別人身上學來的。

他的心很定，沒什麼巨大的情緒起伏，

從沒看過他生氣、傷心、難過，

而且對每個人都親切和藹，

似乎所有修行者應有的條件都具備了。

唯一他克服不了的，

就是睡魔障。

睡魔障是指難以抵擋的睏意，

就連平時意志力堅定、吃苦耐勞的渾悟師父，

也抵擋不了襲來的睏意，

睡魔障不愧是「魔」鬼設下的「障」礙啊。

渾悟師父總是睡眠不足，

每次在安靜的法堂祈禱，

他就頻頻打瞌睡，

這樣對身後祈禱的信眾不好意思，也不好看，

於是我勸他說：

「出家人在信眾面前打瞌睡是一件非常失禮的事，

「身體不適就別參加祈禱了。」

但他還是執意要參加，仍在前排打瞌睡。

我只好趁大家不注意，

用木魚棒用力戳禪悟師父的腰。

每次看他驚醒的樣子，

我都忍不住笑出來。

我們就這樣戳腰、驚醒、忍笑、戳腰、驚醒、忍笑⋯⋯

無限迴圈。

我們勸也沒用，罵也沒用，

正經八百跟他討論也沒用，

所以住持說他陷入睡魔障了，

只有降伏魔障，才能進行下一階段的功課。

不過，這個樣子也維持三年了。

我跟潭悟師父相反，

我不是一個優秀的修行者。

我多愁善感，情緒波動大，

且好惡分明，

對喜歡的人無比親切，

對不熟的人就離得遠遠的。

我缺乏意志力，很難貫徹始終，

容易受不了苦就輕言放棄。

我討厭碰土，所以也不下田耕作。

我天生就很會耍小聰明，

懂得巧妙避開需要苦力的工作。

現在我還是覺得外面的世界比寺院有趣多了。

另外，我生性固執，很少乖乖聽老師父們的話，

要我坐好站好，我就偏要動來動去，

是寺裡最不聽話的人。

不過我唯一的優點，

就是祈禱的時候我最能專心一意。

如果只看我在法堂的樣子，

人們大概以為我是修行得道的法師。

然而論修行，還是渾悟師父最厲害。

二十四小時扣掉祈禱打盹的兩個小時，

其餘二十二小時他都有修行僧的樣子。

而我則是除了兩個小時祈禱之外，

其餘二十二小時都沒有修行僧的樣子。

因此，眼前看到的或是別人表現出來的，不一定是全貌。

我常常想：

上天給我們每個人一項罩門，

就是要我們做人不能自滿，要持續體認自己的不足。

從比自己優秀的人身上學會彼此尊重、互助合作。

上天是公平的，

祂給你一項專長，也給你一個罩門。

渾悟師父的強項是我的弱項，

我的強項是他的弱項。

我們不擅長的，住持很拿手；

連住持也做不來的事，

說不定反而是最年輕的義工菩薩最在行的。

假如能過著父親那樣的生活

我有時候會開玩笑說：

「我想過著俗家父親那樣的生活。」

我父親個性豪爽，

他想運動就會去運動，

想旅行，說走就走，

想罵人，就放聲大罵，

想做什麼，就做什麼。

父親卻對我說：「我也想過妳這樣的生活。」

他羨慕我想清靜，就能清靜，

想接近自然，就能待在鄉間，

想過得單純，就能簡簡單單。

人總是羨慕自己沒有的東西，
我羨慕父親自由自在，
父親則羨慕我無牽無掛。

但父親的生活真的那麼自由自在嗎？
自由自在的背後勢必有著沉重的包袱。

而我的生活真的都那麼簡單寧靜嗎？
為了達到這個境界，我得克制喜怒哀樂，
時常要跟自己拔河，
必須不斷努力才能成為內心的主人。

人都渴望擁有自己沒有的東西，
就算真的過著別人的人生，
你也會發現其實跟自己的沒有什麼不同。
你羨慕的那人也有他的痛苦和悲歡，
有好事，也有壞事，

有一帆風順，也有崎嶇不平。

所以不必羨慕，
人生是你自己開拓的，
這就是最棒的人生。

來自大地的慰藉

庭院這麼寬，

沒辦法一眼看盡所有的野草，

因為就算轉頭，視野也只有一百八十度。

此時我的獨門妙計就派上用場了。

首先，從東邊往西邊走，一路拔草。

接著，再從北邊往南邊拔，

最後則是沿著對角線拔。

像這樣不停換方向邊走邊拔草，

不知不覺庭院裡的野草都被我拔光了。

人看事情也是相同的道理，

你以為什麼都看透了，

以為自己走過、看過的就是全部，

但一定有你看不見的地方。

你只看見能被看見的東西，

有些東西就算近在咫尺，

也有可能跟你擦身而過。

就連一座小小寺院的庭院都無法一覽無遺，

那麼我們看世界也一樣，

只看得見自己所經歷過、視野所及、認知理解範圍內的東西。

雖然我常常唉唉叫，

但時間到了，我還是會乖乖去庭院除草，

為的是接收大地無聲的教誨。

「別爭執。

「沒有誰對誰錯，

「只是彼此看事情的角度不同罷了。

「做人要謙虛。

「就算你以為自己都懂了，

「一定有哪裡是被你漏掉的地方。

「心胸要寬廣。

「世界上沒有事情是不能理解的，

「只要有決心，任何事情都能被體諒。

「堅強起來。

「真正的堅強，不會怕空虛寂寞。

「不輕信表象。

「因為你看不見的東西

「通常遠比看得見的多更多。」

當你看什麼都不順眼，
總跟身邊的人起爭執的時候，
就來寺裡除草吧！

當你總是堅持己見，
開始自以為是的時候，
就來寺裡除草吧！

當你老是怨天尤人、
覺得人生悲慘的時候，
就來寺裡除草吧！

蹲下身子親近大地，
去感受比自己還寬廣的存在，
土地會安慰你的所有，
大地將療癒你的一切。

第三部

揭開埋藏心底的傷

若傷痛會變成記憶

回想往事，

常常記不清楚當時的細節，

只對那時候的心情有印象，

例如開心、幸福、傷心、難過⋯⋯

就像我們聽老歌會想起舊時光，

聞到熟悉的味道會勾起舊回憶一樣，

當我們回想往事，第一個印象不是當時的種種，

而是當下的心情。

自從我發現這件事之後，

便努力讓自己隨時保持好心情。

別爭執，

因為日後我們記不得為何針鋒相對，

卻會記得吵架留下的傷。

別生氣，

因為日後我們記不得為什麼憤怒，

卻會記得發怒時的感受。

你會記得那個傷了你的人，

會記得發脾氣的場所，

還有你當時疲累的身心。

因此我不斷磨鍊自己，

盡可能保持正面的情緒。

因為現在的心情

將會留下來變成我的過去與記憶。

從師父身上

我終於明白自己為什麼悲傷了，

因為我一直以來都太躁進、太輕率了。

馬鈴薯圓海帶湯

因為感冒，我好幾天臥病在床。
義工菩薩不知從哪打聽到我生病，
特地做了馬鈴薯圓海帶湯給我吃，
並囑咐我：「師父，喝了湯早日康復。」

我的感冒是來自於心病。
人的五臟六腑其實會受情緒影響，
生氣傷肝，
多愁傷胃，
恐懼傷腎，
悲傷傷肺，
所以我的感冒是由悲傷引起。

我責怪自己，

明明身在佛門，卻無法消化對人產生的失望之心。

自責感在心裡積久了，

就化成了病。

我起身，吃了幾口海帶湯上浮著的白色馬鈴薯圓，

馬上就出了汗，

彷彿千瘡百孔的心被圓滾滾的馬鈴薯圓給填補起來。

難怪以前祖母在我針灸之後，

總叫我吃馬鈴薯圓，說這樣才能把鬆開的骨頭再合起來。

住持常跟我們談食物，

說：「料理是有溫度、有感情的。

「所以越用心做出的料理，越是好吃。」

有時候準備齋飯，

光是處理拌菜就得花上一整天。

拌菜做起來很費工，

採收、洗菜、燙熟、擠乾，

然後放在陰涼處風乾，

要吃的時候再用熱水泡好幾個小時，

等每一個地方都泡軟開來，

再加上麻油、鹽、醬油一起拌炒，最後才能上桌。

我以前老愛抱怨做拌菜是世界上

最無聊又浪費時間的事。

但今天吃完這一碗白湯圓海帶湯，

我終於了解，用心做出的料理有多麼巨大的力量。

我吃了十天的感冒藥都沒好，

只吃一碗白湯圓海帶湯就恢復了元氣，

這都要感謝義工菩薩的用心。

我之所以會對人有所埋怨、失望，

是因為我一直念念不忘自己的付出。

如果不記得「我給過你」，

又怎麼會受傷，怎麼會難過呢？
那位平時默默付出的義工菩薩，
難道會一邊煮著湯，一邊想「這碗湯是我做的」嗎？
我想一定不會的。

我終於明白了，
至今我一定也從他人身上
接收了無數的心意和付出，
很多時候，我並沒有好好把這些付出放在心上，
而是被我遺忘，成了過眼雲煙。
我自己都記不得別人的好了，
又怎麼能對自己的付出念念不忘呢？

我吃完了這碗湯，到佛堂打坐，
告誡自己要遠離不成熟的悲傷情緒……
我深深吐了一口氣，把悲傷送了出去。

有句話說「懂得越多，人越寬容」，
因為一個人知道的越多，

表示越能藉由知識、智慧與經驗去理解他人。

懂得越多，不是博而不精，

而是把近在咫尺的事情看得透徹。

做人就要像圓滾滾的馬鈴薯圓，

不要尖酸刻薄，不要有稜有角，

應具備圓融的智慧。

分手的態度

我父母在我十二歲的時候離婚，

小時候一直以為「家人」就會永遠在一起，

沒想到只憑一張離婚協議書，家人就不再是家人。

在還不懂何謂心痛的小小年紀，

最令我心痛的不是父母離婚的事實，

而是親身經歷他們整個離婚的過程。

那時候的我只懂得壓抑難過的情緒，

所以十幾歲的我，是徬徨無助的。

二十幾歲的我，又受到其他傷痛打擊，得了憂鬱症。

幸好我很有福氣，有緣入佛門，

之後接收到比別人更多的好話，

有了更多時間面對自己、更多機會探討人生的苦，

也因此我才能夠好好地自我療癒。

離婚並不可恥，

也不代表人生失敗，

畢竟因緣盡了，自然就分手。

人生在世什麼事都可能遇到，

甚至還有人經歷過鬼門關又活了過來，

所以不要想不開，只管活著就對了。

與其一輩子彼此折磨、抱怨連連，

還不如分開之後，各自過好各自的人生，

這樣才是有智慧的做法。

當然，分手的過程很重要。

交往的時候要尊重對方，

分手的時候也一樣要維持尊重，

至少不要做出愧為人的行為。

假使一個人無法保有對他人最起碼的尊重，

肆無忌憚地發洩心中的仇恨，

那麼到頭來只會兩敗俱傷，

連自己都無法倖免。

做父母的，更不該讓孩子看見彼此謾罵和施暴的醜陋樣貌。

因為父母張牙舞爪的樣子

將久久印在孩子心中。

無緣的兩人，就算不吵得口沫橫飛，一樣會分手。

緣分盡了，就算不把對方折磨得要命，一樣要離別。

「家人」這個稱呼得來不易，
要放下時也應該做到盡善盡美。
分手時，要像當初相愛時一樣尊重對方，
如此一來往後各自才能活得坦蕩蕩，
孩子也會永遠記得父母所做的努力。

慢下來，靜下心

我身為一個傾聽眾生痛苦與煩惱的修行者，
卻要提起自己的心事，實在羞愧。
然而，我還是要說說這份滿溢出來的情緒。

最近我常感到悲傷，
至於悲傷從何而來？
我也無暇去探究原因，
就姑且對自己說是因為遇到了倒楣年，
被壞運影響了情緒。
這樣輕描淡寫過去，
我才不會把悲傷過度放大。

某天我實在難過得不得了了，

便去拜訪一位師父。

師父走路非常緩慢，

一步⋯⋯一步⋯⋯

我在後頭好幾次得停下腳步，

直到拉出距離，才能繼續向前。

出家人穿的緇衣在走路的時候會發出微小的衣帶摩擦聲，

沙嚓、沙嚓、沙嚓⋯⋯

我走得快，聽起來像是

沙嚓沙嚓、沙嚓沙嚓，

而師父的衣帶擺盪得很慢，聲音則是

沙⋯⋯

連「嚓」的聲音都沒有。

師父拜佛的時候也慢條斯理，

就像一朵無聲又輕盈的棉絮。

師父個子高、皮膚白皙，

就像一隻白熊。

看他眼睛緩緩地眨著，我不自覺莞爾一笑，

內心突然平靜許多。

怎麼會感到平靜呢？

從師父身上

我終於明白自己為什麼悲傷了，

因為我一直以來都太躁進了。

看到什麼，就以為是什麼，

想到什麼，就認定是什麼，

認定了，就急著下判斷，

下判斷後，就立刻行動⋯⋯

我到底在急什麼呢？

我實在太輕率了。

我身穿緇衣，吃齋念佛，

觀花草樹木、日月星辰、森羅萬象，

卻還是太輕率了。

門的大小

一位法友問我：

「師父，我想出家，

「但擔心家人會傷心。」

我們開門進屋的時候，

要是門很矮，

就必須彎腰駝背。

要是門又寬又高，

就能夠抬頭挺胸、輕輕鬆鬆跨進去。

門要是再大一點，

說不定還能跟別人手牽手，一起踏進屋呢！

其實門的大小是我們自己定的。

「出家」是踏上一條自我磨鍊的修行路，

是一件喜事。

如果自認為出家是件難以開口的傷心事，

那麼這就是一扇矮門，連自己都要彎腰駝背才能通過。

要通過一扇矮門，當然會怕家人傷心了。

讓自己的門變高、變寬，

讓更多人能夠手牽手、抬頭挺胸一起輕鬆走過吧！

剎那

「在天與地、

「起始與盡頭、

「漫漫人生的時間與空間裡頭,

「此刻的我只是其中的一剎那而已。」

不如意時,

我就會小小聲地把這段咒語念三遍。

我現在只是一瞬間、一剎那經過了天地間的某個地方,

位於事情起始與結束之間的某個時間點而已。

現在的處境不是人生的全部，

只是某個剎那。

像這樣慢慢念三遍，

心中的恐懼也就消失得無影無蹤。

想念和飢餓

想念、飢餓、傷心
這三種感受似乎很相似。

它們總是一起出現，
一起停留，一起消失。

所以傷心的時候，
我會先填飽肚子。

肚子吃飽了，
心也有力氣了。

修行

遇到性急、沒耐性的人，我會告訴他：
「學著忍和克服。」

遇到一味隱忍的人，我會告訴他：
「你做的夠多了，不要再忍了。」

對於執迷不悟的人，放下是修行。
對於只會放棄的人，爭取是修行。
對於沒耐性的人，忍耐是修行。
對於習慣隱忍的人，停止忍耐是修行。

石山丘上的一朵花

一位法友剛做完癌症手術，問我：

「師父，化療的過程好漫長、好痛苦，

「我真渴望有個更健康、更有智慧的人生，

「我該怎麼面對我的人生呢？」

想像在遍地的石頭裡

開了一朵花，

對花而言，一定很孤單寂寞吧？

一朵花孤零零在粗糙、黯淡、貧瘠的石頭地裡，

該有多可憐呢？

但從另一個角度來看，

能在不毛之地一枝獨秀，

可見這朵花有多珍貴、多有價值、多有意義啊？

別因為生病、失去了健康，
就讓人生充滿哀傷和恐懼。

該這麼想：
我能戰勝病魔活下來，
可見我有多麼尊貴、多麼強大啊！
我是值得被珍惜的。

抱持這樣的態度過日子，
就是智慧。

安慰從同理心開始

當你的安慰不被所愛的人接收，
先別急，試著陪伴在他身邊吧！
多花點時間去探究，跟對方一同感受他的絕望。
他需要的不是「安慰」，而是「同理心」。

不斷地接近內心深處，
直到能夠與他的傷心
站在同一個高度為止。

攤開埋藏心底的傷

短短一句話可能有數十種含義，
一句佛法也可能蘊含數百種道理。
經過歲月風霜，
當你讀懂了一句話裡的數十種含義，
領悟了一句佛法的數百種道理之後，
請攤開深深埋藏在心底的傷痛。

這時候你會發現，
過去的傷
已經不再是傷痛了。

盧師父的房間

小時候我曾經到寺裡玩，
還跑進了盧師父的寮房。

房間裡幾乎什麼都沒有，只見一張矮桌。
矮桌上有一只點心罐子，裝的是炒過的黑豆。
另外還有一盞茶杯、一串念得光滑發亮的念珠。

這房間與師父樸實素淨的形象一模一樣。
此後，我心中所認定的留白之美，就是這種樸實素淨。
人們來寺院求內心平靜，

是因為有很多留白。
沒有東西阻擋你的視線，
心自然就安詳自在了。

覺得人生沉重痛苦時，
試著讓生活的空間多一點留白，
也許就變得輕鬆些了。

螞蟻

我為了一件小事跟人起了爭執。
寺裡很少發生爭吵，
所以難得一次小小的爭執，
在心裡卻像大石頭一樣沉重。
情緒消化不了，身體也變得不舒服，
最後難過得哭了起來。

哭到一半，
突然間我回想，
我們為什麼發生爭執？
是因為誰對誰錯的問題嗎？
還是因為我自尊心太強，不願服輸？

深深自省後，我似乎找到了答案。

我想起我的導師說過：

「人們以為流浪漢和財閥、九等公務員和一等公務員、

「五歲小孩和八旬老人之間天差地別，

「但從上天俯視人間，大家都是一樣的。

「人看螞蟻，

「不會說牠們是多子多孫的螞蟻、囤糧豐富的螞蟻、

「眉清目秀的螞蟻，

「只覺得牠們個個都長得一樣，

「同樣地，上天看人，個個也都沒有差別。」

「不要分誰對誰錯，不要定奪誰是誰非。

「順遂的時候要謙虛，不順遂的時候也不必自慚形穢。」

凡事都有許多不同的解讀方式，

就算我是對的，

難道就百分之百是對的嗎？

就算別人是錯的，

難道有錯到像天要塌下來那麼嚴重嗎？

對方又不是要扒我的皮，

更不是叫我去摘天上的星星，

只是想要得到我的認同與理解，

想要聽到一句「是呀，或許你說的也有道理。」

而我卻吝於給予認同，自始至終都在為自己辯訴，堅持自
己是對的。

於是我馬上前去道歉。

「對不起，你說的對，是我需要改進。」

道歉完，心境有了一百八十度大轉變，

這下才真正感到自在自如。

第四部

心也要去蕪存菁

造福

大年初一一早我向老師父拜年。

「師父，新的一年祝您福到眼前！」

「謝謝，也祝你新的一年創造更多福氣！」

師父不要我收到更多福氣，

而是要我創造更多福氣。

我怎麼只想到接收呢？

比起接收福氣，我更要做一個能造福的人。

無用

導師說：

「我們時時刻刻都要記著，

「人生就像曲線，起起伏伏，

「要是一個人站在高處時就得意忘形，

「栽落低處時就灰心喪志，則此人無用。」

我最喜歡師父說的「無用」兩字。

我要警惕自己，千萬不要變成無用之人。

選擇

遇到重要抉擇的時候，

我通常不會選擇心裡立刻想到的答案，

而是選擇比較不情願的那一個。

心是很聰明的，

它會引導我們選擇輕鬆的選項，

並且製造幾十個理由來合理化這個決定。

相反地，需要竭盡全力才能辦到的難事，

我們卻能找出幾百個藉口來推開它。

因此，越是重大的決定，
我越會選擇艱難的一方，
而不是輕鬆的選項。

對我而言，
選擇困難重重卻必須面對的選項，
往往最後會發現是正確的決定。

每個人一定都有過後悔的經驗，
誰不曾後悔呢？
所以，別怕。

迷惘時

有一次我因為學不通而感到挫折時，

導師教導我：

「修行所達到的放下，

「跟痛苦而放棄，

「其實是一樣的境界。

「兩者只是過程不一樣，

「從結果來看，都是放下，

「所以都是一樣的。

「對於修行者來說，

「歷經痛苦、絕望而放棄，

「也是在學習如何放下。」

因此從那之後我相信，

不論再怎麼困難崎嶇的路，

再怎麼怕迷惘，

我仍走在修行的道路上。

覺得快撐不下去了，

不放棄不行了，

也不要對這樣的自己失望，

因為這不要緊。

真的不要緊。

遇到重要抉擇的時候，

我通常不會選擇心裡立刻想到的答案，

而是選擇比較不情願的那一個。

對我而言，選擇困難重重卻必須面對的選項，

往往最後會發現是正確的決定。

目標設低一點，幸福多一點

達成設定的目標或夢想，

人們感到幸福。

要是達不到，

就感到不幸。

幸福與不幸，

其實只取決於能不能達成自己設定的標準

而產生的一種感覺而已。

因此當事情未能稱心如意時，

也不必挫折絕望，

你可以繼續努力直到達成目標，

但你也可以把標準降低到不讓自己痛苦的程度，

慢慢適應這樣的生活，

這就是一種變幸福的方法。

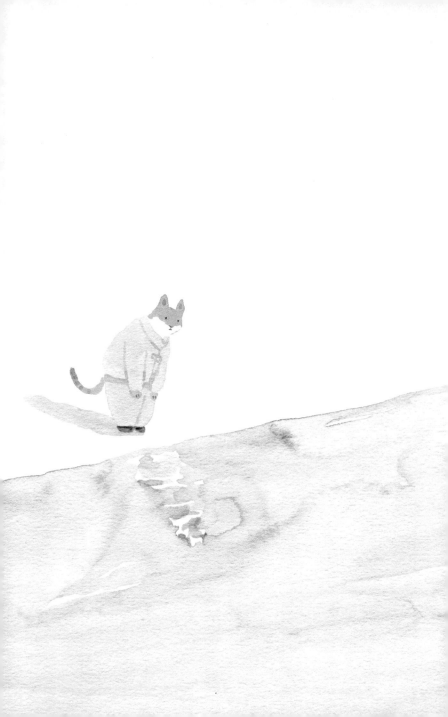

精煉

「任何事都要像篩稻穀一樣，去蕪存菁。

「慚愧的是，活著心卻越來越粗糙。

「我年過花甲還堅持劈柴挑水，

「就是把它當成去蕪存菁的修行。

「身體受苦，卻可以修心。」

　聽說寫這段話的禪師每到黃昏就會反省當天有沒有領悟道理，若沒有，就會像小孩一樣嚎啕大哭。

我在日記上寫

「精煉、琢磨、開口」。

期許自己要像過篩一樣去蕪存菁，

精煉我的感受、思考、心境、所面對的萬事萬物，

但做起來不容易。

為了達到辨別無礙的境界，

我必須更努力去認識

哪些東西可以看，哪些東西不該看；

哪些話必須聽，哪些話不該聽；

哪些話必須說，哪些話不該說；

哪些心可以持，哪些心不該有。

如果做什麼事都不假思索、不顧前後，

也就不知道會招致何種下場，

可說是毀掉自己

最快的方法了。

如果

當事情遇到巨大的阻礙時，
我會想：

同樣的事別人會怎麼做？
其他人也覺得這件事很困難嗎？

遇到困難時，
有時候是因為事情本身太難，
但有時候則取決於自己的能力。
遇到困難先檢視自己的能力，
就不會犯了抱怨事情、指責他人的毛病，
也能避免為自己找藉口。

同樣是火，有人覺得像小小星火，

有人覺得是巨大的火炬，

也有人覺得是一場熊熊大火，足以吞噬一切。

重點不在火本身，

而是你的能力

決定了火是大、是小。

遇到阻礙別害怕，

要培養自己的能力。

別人能做到，

我一樣也做得到。

否極泰來

好事來臨之前必遇到阻礙，

福氣來臨之前必先有禍害，

好運來臨之前必先有壞運。

因此出家人遇到挫折、禍兆或壞運時，

就知道好事即將發生，反而倍感期待。

並且內心更加堅定，

努力奮發讓現在的阻礙、禍害、壞運趕快消失，

這樣好運才能順利到來，福氣才會一路亨通。

世界上沒有永遠的壞運，壞運走完就是走好運了。

遇到壞運時，記得那份「期待」與「堅定」。

文理

會讀書的人，也很會做事。

很會做事的人，也很會祈禱。

很會祈禱的人，也很懂得日常生活。

是不是很神奇？

我們說「通達文理」，

是讀得懂字裡行間的道理。

我們追求世間道理也一樣，一通，百通。

一個人能貫徹始終做一件事，

他也會用同樣的方式和態度去做另外十件事。

知道打開一扇門要花多少力氣，

打開其他扇門也就不難了。

思想格局

小朋友常常講「都是他、是他說的、都是他害的」，
這是小孩的視野格局。
小孩覺得我沒錯，是他錯，
通通都怪別人。

人長大進入社會，
有些人身體跟思想一樣成熟，
有些人只是個子高了，思想卻還是個孩子。
分辨的方法很簡單，

要是常常把「是他害的、都是他的錯、我沒有做錯」掛在嘴邊，
就知道他是個外表成熟，思想卻幼稚的人。

覺察

一個人知或不知、

覺察或無感，

決定了截然不同的結果。

一個人能否覺察，

決定了生或死、禍或福、悲或歡、怨或恕、絕望或希望⋯⋯

乃至於世界上所有兩極化的事情。

活著活著，就活到了現在

「活著就是活著，沒有理由，做事也是相同的道理。

「活著活著，就活到了現在，事情也是做著做著，就做完了。」

每當我學習遇到挫折而意志消沉時，就會回想導師說的這句話。

活著活著，就活到了現在，事情也是做著做著，就做完了。

乍聽之下似乎很容易，但其中的道理其實一點都不簡單。

你必須一直做、一直做，直到完成的那一天。

一直堅持做下去，總有做完的一天。

對一件事堅持到底才是真正的「做完了」。

每天撫慰自己一次

感到肩頸僵硬、兩眼昏花、胸悶難耐、

動不動就不耐煩的時候，

試著這樣做：

在一天之中最放鬆的時刻，坐下來。

身體放輕鬆，徐徐呼吸。

什麼都不要想，放掉身體的力氣。

一邊自然地呼吸，一邊想：

「有一道清澈的瀑布從頭頂傾瀉而下。

「清澈的泉水帶走了腦中所有的痛苦與煩惱。

「帶走了心中的傷痛、憤怒。

「又帶走了腹中的骯髒、汙穢。

接著從腳底的湧泉穴一瀉而出。」

每天只要花十分鐘
就可以把氣從頭到腳舒一舒。

用這個方式來撫慰一下
從來沒有被好好照顧過的自己。

一天撫慰自己一次，
心中升騰的火氣也冷卻下來了。

不怕聲響

「流言止於智者。」

——荀子

「森林裡的小動物受到一點風吹草動就驚慌逃竄，

「但大型動物卻從容自在，因為牠知道那只是一陣風。」

——《經集》

第一句告訴我們，

聽到別人的八卦謠言該如何自處。

第二句則教我們，

面對別人對我們的流言蜚語該怎麼做。

憧憬的對象

「我是一個善心人。」

會這麼說表示他原本不夠善良，但努力行善。

真正的善心人認為這些事都是理所當然，不覺得是在做善事。

我憧憬的對象就是像這樣的人。

真正的善者本性就充滿了善，不用刻意為之，

其言行舉止，甚至是邁步、呼吸都存著善意。

他們不需要特別要求自己，也不必分辨何謂善行，

因為恆存善心，所以做任何事都能帶來善的結果。

他的善，不是努力而來的，而是原本就存在。

為了成為這樣的人，我願意花一輩子努力。

宇宙

我是我自己的全知全能者，

我可以為我的心升起太陽、掛上月亮，

還可以下起雨、孕育出一片森林。

我就是我內心的造物主，也是內心的宇宙。

第五部

時間流逝，依舊思念

沒關係，難過吧！

身體的病痛是來自於心理的傷痛，
出家後我就很少有傷心事，
所以也不曾生什麼大病。

近二十年來，我很少生病，
但前陣子全身上下都覺得不舒服，
每個關節都不對勁，
連頭都沒辦法好好抬起來，十分痛苦。
內心深處似乎有個遺忘已久的記憶正浮現出來。
應該說，記憶正猛烈地撞擊我，
想要趕快被釋放出來。

每個人都有傷心往事，

有些人會去理解、分析、解決它；

有些人捱不了痛苦，

便任由自己被傷痛擊敗；

有些人不願承擔痛苦，

而把它埋藏深處，

想盡辦法遺忘它，

最後就真的什麼都忘了。

我就是第三種人。

刻意要忘卻過去，最後就真的忘了。

我一點都不記得小時候了，

失去了這段記憶也不會對生活帶來任何不便，

但是只要提到「童年」兩字，

我還是覺得渾身難受。

就像一扇牢牢深鎖的門被試圖打開，

不斷發出喀喀、喀喀的聲音。

每次被問有什麼願望，

我的回答都是「平凡過日子」。

因為從前大人常說：

「小孩哪知道平凡過日子是多麼奢侈的事？」

我就以為平凡很難，

所以殷切期盼能過上平凡的日子。

直到最近我才領悟，

原來每個人過的日子、能活在這世上，就是平凡。

出家人過著叢林生活，

這就是平凡過日子。

電影明星過著演員的生活，

他的日常就是一種平凡。

不論是孤兒、餓漢、病患、失敗者，
對他們來說各自生活的原貌就是平凡。

遠離困苦不叫平凡，

活著所經歷的一切日常，

才是真正的平凡。

痛而流淚，是平凡。

受不了而逃避，是平凡。

有所成就而驕傲自滿，是平凡。

因為害怕而戰戰兢兢，是平凡。

生活被逼急了，

人心變得殘酷，是平凡。

生活有餘裕了，

個性變溫和、有同理心，也是平凡。

「我想平凡過日子」其實就是在說
「我想活著」。

從前有個小孩子傻傻跟在大人後頭，
大人在前方挖了一個大坑，

小孩什麼都不知道就掉了進去。

如果那小孩是現在的我，
我會拍拍身上的灰爬上來，
但小時候的我只懂得哭。

看到父親辛苦一輩子，
卻從未喊過一聲累；
又看母親在外辛勞工作，

曬得全身烏漆墨黑，

疲累到連拿個水杯都會發抖，

我才發現，

父母也是脆弱、孤單、不完美的眾生，

那時候的他們年輕不成熟，

那時候的我也只不過是個小孩子，

所以他們並不是有心在前方挖坑，

而我只是剛好跟在後面，才掉了進去。

不要緊，其實你可以擦乾眼淚，

不然你就得一直哭了。

不要緊，其實你可以撫平傷痛，

不然你就得為此痛苦一生了。

現在，我要向還蹲在坑洞裡的小孩
伸出援手，拉她一把。

變得堅強的我，
要向脆弱的當時說：「不要緊了。」

我現在是出家人了，
不曉得適不適合這麼說。

要是我沒出家，
說不定還堅信平凡就是解脫痛苦，

還深信父母不該給小孩留下創傷。
因為想要活下去，我才成為出家人。

為了活下去，你正在做些什麼呢？

人生免不了痛苦，

只是別讓自己痛得太久。

埋藏思念

偷懶一陣子之後，
再下定決心要認真修行時，
最先要修的就是「思念」。

我常常對自己說「誰都別想了」，
對我而言最難控制的心，就是思念了。

想念的人實在是太多了，
好想再見到喜歡的老師、
曾經一同談笑的朋友、
喜獲麟兒而寄照片來的姐妹。

腦海常常浮現牙牙學語的姪兒，

偶爾還會想起十年未曾聯絡的友人。

思念太深，

所以我最要修的就是思念之心。

我只懂得把思念往肚裡吞，

至於該怎麼收斂自如、與思念自在共處，

到現在我還是不明白。

懵懂愚癡、痛苦難過，沒關係。

只要別痛得太久就好。

畢竟對你我來說，這輩子都是第一次。

打小報告

每次跟住持相處不愉快，

我就會偷偷打電話給閉關的大師父，

向他打小報告。

「大師父，您快幫我勸勸住持，她一直找我麻煩。」

我一個勁地跟大師父說住持的不是，

他耐心聽完，

說：「多吵幾回吧！有力氣才能吵。

「活著的時候常吵架，感情才會更好。」

那天不知怎麼了，

聽了大師父一席話，突然心揪了起來，

是因為到了該領悟壽命有限的時機了嗎？

住持要年紀更大一點，體力更差一點的時候，

大概就沒有力氣跟我吵架了。

出家人不該在上天面前埋怨，

也不該面壁坐禪卻心懷妄念，

但因為有住持順著我，

我才敢如此膽大妄為。

我總認為「住持是這裡最大的，她像一座靠山，有她護著我。」

所以看不見住持年邁體衰，

還以為自己飽受委屈。

「妳要知道，還在世比不在好。」

光想像住持離開，

我的眼眶就泛了淚，

怎麼還有膽跟她鬧脾氣呢？

感染

人與人是會互相感染的。
接近一個心靜自如的人，
自己也會被感染，內心變得平靜自在。

對一個憂鬱傷心的人，
我會請他去接近樂觀開朗的人，
因為他會被那個人的正向能量感染。

此刻我也在感染著別人，
我希望我傳給別人的是
好的心腸、正向的能量。

整理過的心

每當我寫信給欣賞的對象，

就會變得滔滔不絕，

一寫往往超過五頁。

寫完之後，還要修修改改好幾次。

我會一句一句刪減，

把不必要的話、無意義的言語、不適當的言詞，

一句一句刪掉。

就算是出自欣賞，

但不經修飾的內心話可能會造成對方的壓力。

欣賞之情培養起來很容易，
只要任由好感氾濫就行。
但要適度流露感情卻很難，
必須不斷修飾再修飾，
不要讓自己的心意成為對方的負擔。

大概修改了十幾次，
五頁縮減成兩頁，
可見要刪減的情感有多少。

講話的時候，不可能修飾十幾次才開口，
所以比起聊天或傳訊息需要快速回應，
我更喜歡寫信。

要向珍重的人表露心意，
必須經過修飾、刪減，
再把整理過的心傳達給對方知道。

比較喜歡的人、沒那麼喜歡的人

對出家人而言，也有分比較喜歡跟沒那麼喜歡的人。

喜歡也有分很喜歡跟最喜歡。

喜歡的人來寺裡，為了讓他帶點什麼回去，

我還會去翻住持的寶箱。

寶箱裡有施主供養的好茶、念珠、蜜罐子，

還有花了整個春天採收、風乾，準備做齋菜的小菜，

以及寺裡自己榨的麻油、荏胡麻油。

我趁住持不注意，如旋風般快速抓了一把，

幫信徒放在車上，好讓他們帶回去。

因為怕被其他人看見，

還要偷偷摸摸連忙塞進口袋、包包裡。

連我這出家人都想送禮給喜歡的人，何況是父母呢？
孩子是跟父母一個模子印出來的心肝寶貝，
當然會想要把什麼都給他。

父母對孩子的愛是盲目的，
總想給他吃好的、穿好的，
有什麼好東西一定留給孩子。

做父母的，
要是能力允許，一定盡量滿足孩子，不讓他失落。
要是能力不允許，更會努力奮發為孩子爭取。
萬一努力到最後，還是無法給孩子好的環境或物質，
這時候可能心生貪念，即使跟別人搶也在所不惜。
這大概就是為人父母的心情吧？

常聽人說，

誰誰誰結了婚之後就變了，

誰誰誰生小孩之後就不像從前了，

誰誰誰上年紀後整個人都不一樣了……

難道不是因為生命中出現了深愛的人，

想把好的都給他，

實際上卻力不從心，所以才會變得勢利現實呢？

不要太討厭欲望強烈的人，

或許他們隱藏了一顆難過的心，

急切地想要把好東西留給深愛的某人。

時間流逝，思念依舊

當緣分盡了，

和一起學習、談心的人分開了，

彼此變得生疏，不再聯絡的時候，

我就算想念他們，也說不出口，

怕給人家負擔。

雖然時間流逝，我的思念依舊，

常常會想起他們。

是不是我哪裡沒做好？

是不是我不懂對方的心？

是不是有什麼事是我不知道的？

分手之所以感到難過，
是因為覺得是對方離開我，責任在對方。
時間流逝，不再難過，取而代之的是思念，
是因為覺得對方的離開，責任在我。

原來隨著時間的推移，
因緣也會有不同的解釋。

麻煩的人

偶爾會遇到讓我覺得特別麻煩的人。

與他相關的一切都累，

對話累，相處起來也累，

理解起來更累，

跟他相處的每一天都覺得好麻煩。

這時候就要想，

他是我的貴人。

珍貴的東西一定有其代價，

想要得到它，就得付出相當的價值。

面對越重大的事，
就越要比平常付出更多的心力，
所以也越困難、越累人。

越是難能可貴的緣分，越要用心對待，
因此覺得麻煩也是理所當然。

我認為的愛

愛一個人，
不僅僅是陪伴，
還要用心去保護、守護他。

除了用心去保護、守護他，
在他低潮痛苦的時候，
更要全力去幫助他。
即使非能力所及，
也要有為他兩肋插刀的決心。

比起陪伴，更要用心守護；

比起守護，更要在對方困難的時候全力以赴；

盡心盡力為其付出，

就是我所認為的愛。

我先主動

我希望當別人想吃什麼、想做什麼、需要什麼、
累了、病了、寂寞了的時候，
第一個想到的人是我。
比起幸福快樂，
我更希望他們是在寂寞難過的時候想起我。
我是不是太貪心了呢？

我要先主動付出誠摯的心，
先主動建立起信任，
這樣他們在需要依靠和安慰時，
自然而然就會想起我了。

守護愛

導師曾說：

「一旦打了孩子，

「之後就以為要孩子聽話一定得體罰，

「所以絕對不可打孩子。」

夫妻、情侶、家人之間發生爭執，

只要有一次砸東西，之後吵架就都會砸東西。

而且砸的東西只會越來越大，不會越來越小。

一旦口出惡言，下一次吵架也會互相謾罵，

往後只會越罵越難聽，

絕對不可能越吵越客氣。

一旦使用暴力，
之後只會打得更兇而已。

因此，如果你是個成年人，也真心愛著對方，
吵架時絕對不要砸東西、口出惡言，或是使用暴力。
「因為愛你」、「因為我們是家人」、「吵完再和好就沒事了」
會這麼說代表你還不懂怎麼去愛。

. . .

愛一個人，不能怠慢。
你必須盡全力做好事、說好話、存好心，
只給對方好的東西。

一個努力去愛的人，
才會遇到懂得守護愛的另一個人。

只選用有機食品的那份心

為人父母，無不希望幫孩子完成他的夢想，
又不讓孩子覺得有負擔。
同樣地，對自己重視的人，
我們無不希望把好的給對方，
又不帶給對方壓力。

有機食品就算價格不便宜，
父母也願意買給孩子吃。
同樣地，與他人相處，
我要說好話，

帶著清澈又溫暖的目光，

擁有一顆好心腸，希望對方因為我變得正面開朗。

為此，我會努力。

這份努力，希望對方永遠都不要知道。

我愛你

我愛你。
我愛你。
我愛你。

多講幾次，
會越來越愛，
因為你自己也會聽到這三個字。

因為愛，所以愛；
必須愛，所以愛；
想要愛，所以愛。

常常說可愛、可愛，就真的變可愛。

常常說謝謝、謝謝，就真的常感恩。

常常說重視、重視，就真的懂珍惜。

你講出的話，

真的會實現。

給李恩柱居士的一封信

您過得怎麼樣？
我沒有直接問候您，
是因為知道您一定會回答「我很好」，
所以就不問了。
但早上一起床我就會想起您，
掛念您過得好不好。

經過兩年的手術和化療、放射線治療，
想必您現在身子骨相當虛弱吧？

我曾經想像您之後入住療養院的生活，
您大概會靜靜坐在床邊遙望窗外，

然後踏著緩慢的步伐去用餐。

有時候可能突然疼痛起來，不得不臥床休息，

有時候面臨突如其來的悲傷恐懼，您還得故作堅強。

您與我的日常極為相似。

我的生活步調也是慢的，

除了一大清早被渾悟師父禮佛敲木魚的聲音吵醒，

還繼續賴床之外，

平時都很認真安分。

祈禱、做功課、做工、

接待訪客、幫住持跑腿，

所有大小事皆不遺餘力。

然而這樣平凡的叢林日常，

眼睛看的、口中吃的、耳朵聽的要能夠自然而然，

整整花了我十年才適應。

天天吃素菜，天天聽師父說好話，

身上穿的不是深灰色，就是灰色或淺灰色。

就這樣，每天過得平靜單調，

也就忘了從前在外的生活，

漸漸適應了慢步調的日常。

我猜想，您現在應該也過著跟我一樣的生活吧？

當您滿腔熱血、熱情奔放、活力四射的時候，

那瞬間因為感受自己真正活著，

所以更快樂、更澎湃，都不覺得累。

像這樣寧靜的自律生活，

反而覺得無聊乏味，一點樂趣也沒有。

所以，能夠用平常心去過著單調的日子，

我稱之為修行。

在寧靜的環境中，

要是遇上了病痛悲歡，

它們就更顯得巨大可怕。

每次它們出現時，不被打倒，不亂了手腳，

而是默默地堅持下去，就是修行。

您和我都在修行，

您要想，在漫長的人生歲月中，

就這麼幾年在修行。

您從來不喊疼，

也從來不抱怨那句人人總愛講的

「我怎麼這麼倒楣？」

您唯一自責的是

沒扮演一個好妻子、好母親、好女兒。

您沒有逃避，更沒有被打倒，而是勇敢活下來，

就表示您已經盡力做好了身為妻子、母親、兒女的角色。

您選擇活著，把痛苦慢慢咀嚼、吞下、消化掉，

這就是最棒的了。

您現在的修行

比我更艱難、更高一層。

我很佩服您,也謝謝您。

一起感受痛苦

我有一個朋友，

我相信除了謊言，

不論我說什麼，他都會全然支持我。

我相信不論我做錯了什麼，

只要我發現自己的錯誤，

他都會原諒我。

我以為是因為他這個人

心胸寬大、溫文儒雅、為人體貼，

才給我這麼大的信任感。

我心想，

他很適合做青少年諮商或兒童心理治療的工作，

於是問他想不想朝這方面進修。

然而他卻說：

「每天聽孩子的傷心事，

「孩子的痛就變成我的痛，

「我一定會心碎，

「大概連一天都受不了吧？」

聽完他的回答，

我終於明白了，

他給人的信任感全都來自於「同理心」。

我之所以深信不論我說什麼，

他都會支持與理解我，

不單單是因為他的人品情操，
而是因為他具有同理的能力。

除了傾聽，
他會跟我一起感受痛苦，
和我一起分擔痛苦的情緒。

因此我一難過就想找他訴苦，
就算他沒有給我任何解答或安慰的話語，
我還是能感到莫大的安慰，
因而對他產生深度的信任。

最好的安慰，
不是給對方最好的解答，
也不是專心地傾聽，
而是用相同的立場一起感受痛苦，
去同理對方的心情。

諮商、治療、安慰的真正意涵，

應該是「一起感受痛苦」，

這麼做可能就如朋友說的，大概會心碎吧。

貴人運

家人、朋友、戀人之間意見不合、發生爭執，
務必在短短一分鐘做好以下判斷。

你要任由憤怒情緒繼續發展，
口出惡言好贏過對方嗎？
還是先冷靜一分鐘，退一步，
留有餘地讓彼此能夠互相理解、好好說話呢？

這一分鐘的選擇，
不是取決於你倆既定的緣分，
而是取決於你的意念。
一時激動和一發不可收拾的憤怒，

往往會將好因緣變成孽緣。

人與人相逢即是有緣。
放任憤怒的情緒時，
緣字前就加上了「孽」字。

「我很有貴人運，身邊都是好人。」
這句話其實代表這個人懂得控制憤怒，
所以相逢相識的「緣」字前，
就加上了個「善」字。

留白的意義

生命與另一個生命要共同相處，
必須保有能互相觀望的留白距離。

留白，
有距離來容納彼此不同的想法。

留白，
有距離去完全尊重對方。

不要害怕留白，要懷著信任去看待對方，
這樣就能減少正面衝突，處事更有彈性。

體貼

體貼不是一兩天就能養成的。

對一直以來都很貼心的人來說，

體貼是一種習慣。

有些人出門的時候，

懂得幫後方的人把鞋子朝外擺，方便對方穿鞋。

吃飯的時候，

會先幫人夾菜。

去餐廳或咖啡廳，

會先選坐起來比較不舒服的位子，

把舒服的座位讓給同行者。

走路的時候，

自己走在外側，讓對方走在內側。

去市場買東西，

會自然而然把重物留給自己提。

這些人時時體貼待人，

自然就成了習慣。

我們對一個人產生信任感，

是出自於對方無意識的舉動。

遇到自然而然展現體貼的人，

就算你和他相處得還不夠久，

你也會對他敞開心房。

那樣的人擁有好心腸。

父親

「妳在哪？」

「我在鬱山。」

「妳去那幹什麼？」

「我在佈教院，您過得好嗎？改天我去看您。」

「我一點都不想妳。」

嘟嘟嘟……

電話被掛掉的瞬間，我一度懷疑先打電話的人是不是我，
但確實是父親先打過來的。

時光推移，

「我一點都不想妳」這句話如今在我聽來

已經成了「我很想妳」。

隨著年紀增長，

我開始重新看待我的父母。

我不是用耳朵去聽，而是用心去分析，

我不是用眼睛去看，而是用歲月重新去解讀。

。。。

我父親沉默寡言，

就算在對他說話，

他通常也不太應聲，連眼神都不對著我。

不知道他到底是在聽，還是不在聽。

我有時候會忍不住對他大吼，

甚至講出的話就像一把刀在心頭上劃，

那麼刻薄、惡毒、粗鄙。

這時候父親會假裝沒聽到，轉身而去。

人們都說我父親很難理解，

那當然，因為連做女兒的我也不理解他。

然而事實上，父親是一個重情、多情的人。

有些人聽到我說父親多情，

忍不住「噗哧」一笑，哪裡看得出來多情？

好比把大野狼比喻成溫馴的小綿羊，一樣荒謬。

雖然我父親的愛很低調，要打著燈籠才找得到，

但成年之後，我漸漸能看見它了。

父親在八個孩子中排行老三，從小家徒四壁，三餐不繼。

兄弟姐妹中只有他從學校畢業考上公務員，

他在城裡租了一個單間房，

把弟妹都帶來同住，還供他們讀書、就業，

甚至連婚姻大事也是由父親打點。

父親的年輕歲月就是這麼苦來的，

肩上背負著重擔，

卻從沒聽他說過自己以前有多苦，

也從不提付出的辛勞。

對於沉默寡言、不假辭色的父親而言，

他的愛就是「負責」。

當時的他比現在的我還小，

才二十出頭的一個小夥子，隻身在城市裡租房，

領著微薄的薪水，

要省吃儉用才能買米煮飯、供弟妹們讀書、負擔車錢，

每次要繳費的時候，不知道壓力會有多大呢？

父親的孤單寂寞無處可訴，

就算說了也改變不了現實，

也就沒那個閒工夫訴苦了。

他只能不斷督促自己

必須全力以赴、勇往直前，

唯有如此才能守護孩子，守護兄弟姐妹……

這就是愛。

因為愛，所以願意忍耐和承擔。

不知從何時開始，

我每次遇到人，除了聽他說話之外，

還會看他的肩膀。

心想，他這麼努力是因為肩負什麼樣的責任呢？

他要如何承受這些壓力呢？

比起甜言蜜語，

我更欣賞的是即便不善表達、說話不夠甜，

卻願意把對方的苦扛下來承擔的人。

我認為那才是更真切的愛，

就像我父親那樣。

世界上最大的不同

我就算一整天不說話也不覺得不自在，

長時間獨處也不會孤單寂寞。

我很怕生，不擅長跟初次見面的人談天。

而住持跟我恰恰相反，她很愛跟人打交道。

不論什麼時候，只要有信徒前來她都歡喜，

一整天與信眾談天都不覺得累。

她很有親和力，

才初次見面就像認識十多年的老朋友一樣。

我喜歡靜，

住持喜歡動，

個性天差地別的我們不太合。

我明明知道她說話時給出一點反應，

她就會高興得不得了，

但我沒有這麼做，

因為她講的內容始終激發不了我的興趣。

比起我，住持對人更關懷、更有情，

所以常常一個不小心就成了弱者。

比較愛的那一方，通常只能趨於弱勢。

曾經有一次我整天心情不好，

哭哭啼啼地，都不知道自己是怎麼回到寺裡。

我拖著身子好不容易踏進門，差點就要癱坐在地上。

那時候大概晚上九點，

住持問我：「吃晚飯了嗎？」我回：「吃了。」

「妳這哪叫吃了？」

為了不讓住持看到我哭喪的臉，我趕緊梳洗，

出來一看，發現飯菜都準備好了。

「我不吃，我已經吃過了。」

這時候我發現滿桌子都是我喜歡的小菜，

有海苔、醃蘿蔔、醬菜、清麴醬鍋。

住持雖然念我都老大不小了還偏食，

卻仍然準備了一桌子我喜歡的菜，

我不愛吃的泡菜和小菜一樣都沒有出現。

每當我心情不好，就算不表現出來，

也騙不了住持的法眼。

「看妳的臉，都綠成什麼樣了。」

大概只有自己的母親才會這麼了解我了。

清麴醬鍋簡直是人間美味，

我舀了一大口白飯，放入嘴裡，

露出了笑容，也滴下了眼淚。

「太好吃了，錯過了這頓飯怎麼得了。」

我還特意把一整碗飯都吃個精光。

不久前朋友的母親過世了，
我對他說：
「你的母親不在了，我的母親還在，
所以就由我來當你的支持者吧！」

世界上最大的不同，
就是有沒有母親在身邊，
有沒有支持的力量，
有沒有消除悲痛的方法。

有住持在真好。
謝謝住持，
用世界上最大的襁褓
保護著我、疼愛著我。

橡樹林文化 ◈◈ 眾生系列 ◈◈ 書目

衆生系列　JP0200

願來世當你的媽媽
다음 생엔 엄마의 엄마로 태어날게

作　　　者／禪明法師（선명）
繪　　　者／KIM SORA（김소라）
譯　　　者／袁育媗
責 任 編 輯／陳怡安
業　　　務／顏宏紋

總　編　輯／張嘉芳
出　　　版／橡樹林文化
　　　　　　城邦文化事業股份有限公司
　　　　　　104 台北市民生東路二段 141 號 5 樓
　　　　　　電話：（02）2500-7696　傳眞：（02）2500-1951
發　　　行／英屬蓋曼群島商家庭傳媒股份有限公司城邦分公司
　　　　　　104 台北市中山區民生東路二段 141 號 5 樓
　　　　　　客服服務專線：（02）25007718；25001991
　　　　　　24 小時傳眞專線：（02）25001990；25001991
　　　　　　服務時間：週一至週五上午 09:30 ～ 12:00；下午 13:30 ～ 17:00
　　　　　　劃撥帳號：19863813　戶名：書虫股份有限公司
　　　　　　讀者服務信箱：service@readingclub.com.tw
香港發行所／城邦（香港）出版集團有限公司
　　　　　　香港灣仔駱克道 193 號東超商業中心 1 樓
　　　　　　電話：（852）25086231　傳眞：（852）25789337
　　　　　　Email: hkcite@biznetvigator.com
馬新發行所／城邦（馬新）出版集團【Cité (M) Sdn.Bhd. (458372 U)】
　　　　　　41, Jalan Radin Anum, Bandar Baru Sri Petaling,
　　　　　　57000 Kuala Lumpur, Malaysia.
　　　　　　電話：（603）90578822　傳眞：（603）90576622
　　　　　　Email：cite@cite.com.my

內文排版／歐陽碧智
封面設計／兩棵酸梅
印　　刷／韋懋實業有限公司

初版一刷／2022 年 8 月
ISBN ／ 978-626-96138-8-5
定價／ 450 元

城邦讀書花園
www.cite.com.tw

國家圖書館出版品預行編目（CIP）資料

願來世當你的媽媽／禪明法師著；袁育媗譯. -- 初
版. -- 臺北市：橡樹林文化，城邦文化事業股
份有限公司出版：英屬蓋曼群島商家庭傳媒股份有
限公司城邦分公司發行，2022.08
　面；　公分. --（衆生；JP0200）
譯自：다음 생엔 엄마의 엄마로 태어날게
ISBN 978-626-96138-8-5（平裝）

862.6　　　　　　　　　　　　111008977

請沿虛線剪下對折裝訂寄回，謝謝！

橡│樹│林

書名：願來世當你的媽媽　書號：JP0200

橡樹林文化
讀者回函卡

感謝您對橡樹林出版社之支持，請將您的建議提供給我們參考與改進；請別忘了
給我們一些鼓勵，我們會更加努力，出版好書與您結緣。

姓名：＿＿＿＿＿＿＿＿＿＿＿　□女　□男　　生日：西元＿＿＿＿＿＿年

Email：＿＿＿＿＿＿＿＿＿＿＿＿＿＿＿＿＿＿＿＿＿＿＿＿＿＿＿＿＿＿

●您從何處知道此書？

　□書店　□書訊　□書評　□報紙　□廣播　□網路　□廣告DM　□親友介紹

　□橡樹林電子報　□其他＿＿＿＿＿＿＿＿＿

●您以何種方式購買本書？

　□誠品書店　□誠品網路書店　□金石堂書店　□金石堂網路書店

　□博客來網路書店　□其他＿＿＿＿＿＿＿＿

●您希望我們未來出版哪一種主題的書？（可複選）

　□佛法生活應用　□教理　□實修法門介紹　□大師開示　□大師傳記

　□佛教圖解百科　□其他＿＿＿＿＿＿＿＿

●您對本書的建議：

＿＿＿＿＿＿＿＿＿＿＿＿＿＿＿＿＿＿＿＿＿＿＿＿＿＿＿＿＿＿＿＿＿＿＿

＿＿＿＿＿＿＿＿＿＿＿＿＿＿＿＿＿＿＿＿＿＿＿＿＿＿＿＿＿＿＿＿＿＿＿

＿＿＿＿＿＿＿＿＿＿＿＿＿＿＿＿＿＿＿＿＿＿＿＿＿＿＿＿＿＿＿＿＿＿＿

＿＿＿＿＿＿＿＿＿＿＿＿＿＿＿＿＿＿＿＿＿＿＿＿＿＿＿＿＿＿＿＿＿＿＿

＿＿＿＿＿＿＿＿＿＿＿＿＿＿＿＿＿＿＿＿＿＿＿＿＿＿＿＿＿＿＿＿＿＿＿